UN JOYAU
DE FAMILLE

PAR

F.-L. CHARRIER,

Capitaine au 76e de Ligne.

Tes père et mère honoreras,
Afin de vivre longuement.

MÉZIÈRES,
Typographie F. Devin, rue du Château, 168.
1863.

UN JOYAU DE FAMILLE

PAR

F. L. CHARRIER,

Capitaine au 76ᵉ de Ligne.

Tes père et mère honoreras,
Afin de vivre longuement.

UNE NOCE VENDÉENNE

En 1789.

Non loin des bords du Lay, cette rivière aimée
Qui roule ses flots purs au cœur de la Vendée,
Il est une maison, autrefois un château,
Dont l'humble toit se cache au pied d'un vert coteau.
De sa splendeur passée il reste une tourelle
Qu'on appelle, au pays, le manoir d'Eudivielle.
Une ferme, à côté, montre à l'œil attendri
Le berceau d'un fermier appelé Cherrari.
Au midi, de grands prés déploient, dans la vallée,
Leur toison toujours verte et de fleurs étoilée
Qu'arrosent, en courant, les tout petits ruisseaux
Qui versent dans le Lay leurs murmurantes eaux.
Là, paissent les brebis dont les soyeuses laines
Blanchissent les fuseaux des nobles châtelaines.
Des champs, clos de buissons et d'un simple échalier,
Forment, aux alentours, comme un vaste damier
Qu'habitent la perdrix et la caille si grasse,
Et le lièvre peureux et la lourde bécasse.

Un groupe de coteaux, tout couverts de forêts,
Limite, à l'horizon, ces fertiles guérêts.
Là, glisse la vipère aux luisantes écailles,
En faisant frissonner l'herbe sous les broussailles ;
Tandis que les grands bois offrent aux écureuils
Leurs dômes sous lesquels bondissent les chevreuils.

Un jour, les longs échos de ces bois séculaires,
Dont l'ombre couvre encor des vallons solitaires,
Réveillés en sursaut par des refrains joyeux,
Se renvoyaient les cris de cent gars vigoureux
Qui, de tous les sentiers connus de la contrée,
Au modeste castel annonçaient leur entrée.
Des filles avec eux descendaient les coteaux,
Et ne donnaient pas moins de besogne aux échos ;
Puis, venaient les vieillards menant leur femme en croupe,
Tandis que les enfants, se répandant par groupe,
Tout le long du chemin battaient les verts buissons,
Et de nids et de fleurs faisaient d'amples moissons.

Dans une vaste cour tout le monde s'assemble,
Les vieux avec les vieux, les jeunes gens ensemble.
En tête du cortège, une vielle, un violon,
Sans souci de l'accord, essaient un rigodon.
Le jeune Cherrari vers la foule s'avance ;
Pour lui serrer la main chacun vers lui s'élance ;
C'est le héros du jour. A sa veste en drap fin
Sa vieille mère a mis les faveurs de l'hymen.
Ses longs cheveux flottants sur ses larges épaules,
Suivant l'antique usage adopté dans les Gaules,
Découvrent un front haut plein de sérénité ;
Son regard, un peu dur, accuse une fierté
Qu'on trouve rarement chez les gens de sa classe,
Et qui d'un rang perdu consérve encor la trace ;
Mais dans ce regard fier et quelquefois moqueur
On reconnaît aussi la bonté de son cœur,
Comme sa bourse, ouvert à quiconque l'implore ;
Le timbre de sa voix est vibrant et sonore ;
Le teint de son visage halé par le soleil
Prouve la pureté d'un sang chaud et vermeil ;
Sa large main, durcie aux travaux de la terre,
N'a jamais épargné son aide à la misère,

Et pourrait, au besoin, tout comme l'aiguillon,
Manier le fusil et le lourd espadon;
Aussi, dans tous les jeux aimés de la jeunesse,
N'a-t-il point de rival pour la force et l'adresse.

Après les compliments d'usage en pareil jour,
Ses yeux impatients se portent de la cour
Vers le seuil du castel, où le baron, son maître,
La mariée au bras, vient enfin de paraître.
A leur aspect, soudain les acclamations
Se mêlent au fracas des détonnations
De quelques vieux mousquets où, sous l'épaisse rouille
Qui ronge le canon de la noble dépouille,
Un français lit encor la date de Rocroy,
Et montre avec orgueil celle de Fontenoy.

Tout le monde connaît la jeune fiancée,
La beauté de ses traits en proverbe est passée;
Mais cependant chacun pour la première fois
Semble aujourd'hui la voir; on n'entend qu'une voix
Pour louer le bon goût de sa simple parure,
Le radieux éclat de sa douce figure;
Pour vanter de ses yeux l'aimable et doux regard,
Le charme du sourire, et ce merveilleux fard
Que mettent vingt printemps et le calme de l'âme
Sur le modeste front de cette jeune femme.
Elle n'a point le teint halé des paysans,
Car ses jours ont fleuri sous un toit d'artisans,
Et sa main ne connaît que les travaux d'aiguille
Qu'exigent les besoins d'une pauvre famille;
Sa taille est souple autant qu'un mobile roseau,
Et son pied, plus léger que l'aile d'un oiseau;
On croirait, en un mot, voir une châtelaine
Qui cacherait son rang sous des habits de laine.
Son noble cavalier est un jeune seigneur
Brillant par son entrain et sa joyeuse humeur.
De tous ces paysans il ne diffère guère
Que par un air plus sûr, et la fine rapière
Qu'il porte élégamment accrochée en verroux,
Avec un nouveau nœud en l'honneur des époux.
Comme eux tous en effet, mais d'étoffe plus fine,
Il porte le gilet et la veste en ratine,

Sans collet tous les deux, et dégageant le cou ;
Sa braie aux larges plis descend jusqu'au genou ;
Ses guêtres du mollet dessinent la tournure,
Et des boucles d'argent brillent à sa chaussure.
De sa main droite il tient le vieux chapeau français
Qu'on a quitté depuis pour le cylindre anglais.
Comme tous les seigneurs que le pays vit naître,
Il est des paysans l'ami plus que le maître ;
Il sait aussi bien qu'eux manier l'aiguillon,
Et conduire les bœufs, en creusant un sillon.
Les dimanches, au bout d'une rustique table,
Le verre en main, il tient tête au plus redoutable ;
Il est tout à la fois avocat, médecin ;
Sur les contrats pour eux il appose son seing,
Connaît leurs noms à tous, il parle leur langage,
Et jamais on ne fait sans lui, de mariage.
Aujourd'hui, pour prouver à son meilleur fermier
Son estime, il lui fait l'honneur particulier
De conduire lui-même à la prochaine église
Son cortége de noce et sa belle promise.

Tandis que les époux, au pied du saint autel
Echangent leurs anneaux, un rustique Vatel,
Sous de vastes hangars tapissés de bruyère,
Prépare un grand festin, digne des temps d'Homère.
Là, d'énormes quartiers de bœufs et de moutons
Bouillent devant le feu, dans de larges chaudrons.
Ici, le jeune coq, à la crête écarlate,
Tourne avec une poule, à la chair délicate,
Pour laquelle il livra plus d'un combat d'amour
A d'autres malheureux rivaux de basse-cour.
A côté, le chapon, cet eunuque du Maine,
Qui sur l'orge doré languissamment se traîne,
Sur un lit estimé d'odorant céléri,
Laisse tomber le jus de son flanc rebondi.
Dans le cuivre luisant l'oiseau du Capitole,
Digne d'un meilleur sort, tout doucement rissole.
Pendant que ce Vatel surveille ses fourneaux,
Un habile jupon apprête les gâteaux,
Et parfume la crême avec la fleur d'orange,
Où flottent les blancs d'œufs qu'en blanche neige il change.

Devant chaque couvert, fait du plus pur étain,
Sourit aux invités un large broc de vin.
Tout est prêt. Mais avant le plaisir vient l'épreuve ;
L'épouse à son mari doit donner une preuve
De sa soumission, en balayant le seuil
De son nouveau foyer. A cet étrange accueil,
Succède un autre usage au moins aussi bizarre ;
On lui présente un os où la chair est très-rare,
Emblême original de la frugalité.
Ensuite, une servante attache à son côté,
Une quenouille neuve, afin qu'elle comprenne
Qu'elle doit du logis demeurer la gardienne,
Renoncer pour toujours aux innocents plaisirs,
Et d'un mari jaloux contenter les désirs.
Cette épreuve accomplie, on court se mettre à table.
On se place au hasard, mais, chose remarquable,
Ce hasard sert si bien les vœux des amoureux,
Que tous les jeunes gens ont leur belle auprès d'eux.
Ces choix n'échappent point à l'œil prudent des mères ;
Et, tandis que les brocs versent l'ivresse aux pères,
Elles font des projets pour le prochain hymen
De la belle Colette avec le beau Colin.
Avant d'aller danser sous les vertes charmilles,
Deux chœurs, l'un de garçons, l'autre de jeunes filles,
En patois du pays, chantent aux deux époux
Les couplets si connus, parvenus jusqu'à nous,
Où l'auteur de l'hymen étale les misères,
Et vante, sans succès, l'heur des célibataires.
Puis, comme des oiseaux échappés de prison,
Les chanteurs dispersés courent sur le gazon
Où l'orchestre, dressé sous une verte treille,
Appelle les enfants, tandis que la bouteille
A la table retient les pères, les vieillards
Dont l'ivresse indiscrète abonde en mots gaillards.

Il est plus de minuit, et la joyeuse danse,
De ses pas embrouillés redouble la cadence,
Quand soudain, au milieu du galop qui bondit,
Un stentor de crier : les époux sont au lit !
A ce cri, des danseurs la foule se sépare,
Court aux fourneaux éteints, les rallume, et prépare

Une soupe à l'oignon et des bols de vin chaud.
On fouille la maison du bas jusques en haut,
Tant qu'on n'a pas trouvé la chambre nuptiale,
D'où l'épouse confuse entend la saturnale.
Une porte résiste ; allons, mais gars, voilà
Le nid des tourtereaux ! Beaux mariés, holà !
Suspendez un instant l'ardeur qui vous transporte ;
Prenez ce bouillon chaud, ce vin qui réconforte ;
Et songez que l'amour comme eux se refroidit,
S'il n'est pas rechauffé par un bon appétit.
Alors, le marié de son lit parlemente.
Il voudrait éviter à sa pudique amante
Et les réflexions et les rires narquois ;
Mais ses bruyants amis restent sourds à sa voix.
La porte s'ouvre alors, et, tandis qu'on les glose,
Tous deux des cordiaux absorbent une dose.
Cet usage accompli, l'on ferme les rideaux,
Et chacun du sommeil va chercher le repos.

SOUS LA TERREUR.

Dieu bénit cette union. Deux garçons, une fille,
De leur joyeux babil égayaient la famille,
Lorsque quatre-vingt-treize, en égorgeant son roi,
Souleva la Vendée, et la mit hors la loi.
Aussi rapidement que s'enflamme la poudre,
Et que brille l'éclair qui précède la foudre,
La révolte, soufflée au modeste hameau,
Où, dans l'obscurité, vivait Cathelineau,
Grandit, éclate et vole à travers le bocage,
Et de tout le pays fait un champ de carnage.
L'histoire gardera tous les glorieux noms
De ces vaillants soldats qui prenaient des canons
En courant en sabots au-devant des volées,
Qui jonchaient de leurs corps collines et vallées.
Elle se souviendra de leurs chefs, ces héros,
Devenus en un jour d'illustres généraux,
Qui tinrent si longtemps la fortune en balance
Entre le droit divin et les droits de la France ;
Pour moi, je chante ici de modestes fermiers
Dont la gloire n'a rien de celle des guerriers.

Trop heureux si ma muse, en narrant leur histoire,
Peut au cœur de leurs fils en graver la mémoire.

De mes humbles héros les maîtres, menacés
Des maux qu'à l'horizon ils voyaient amassés,
Avaient à l'étranger mis à l'abri leur tête;
Et comme un lourd vaisseau battu par la tempête,
A la garde de Dieu confié tous leurs biens.
L'Etat les mit en vente; et d'excellents gardiens
Qu'ils en avaient été, mes héros-prolétaires
En furent reconnus dûment propriétaires.

Cependant, chaque jour de stériles combats
De la Convention épuisaient les soldats,
Lorsque pour terminer cette lutte héroïque,
Qui mettait en péril la jeune république,
Elle tira des bords ensanglantés du Rhin
Les illustres débris de la mort, de la faim,
Qui portèrent si haut l'honneur de notre France,
En défendant les murs de l'antique Mayence.
Ah! s'ils avaient prévu, lorsqu'ils capitulaient,
A quel affreux destin leurs chefs les destinaient,
Nul doute qu'aucun d'eux, plutôt que de se rendre,
N'eut, sous ses murs détruits, enseveli sa cendre!
Il manquait au renom des soldats vendéens
L'honneur d'avoir vaincu ces vainqueurs des Germains;
Mais les murs de Torfou, témoins de ce prodige,
Conserveront longtemps leur éclatant prestige.
Alors, on résolut de vaincre par le feu
Ces paysans armés pour le trône et leur Dieu.
Mais ainsi qu'un lion traqué dans sa tannière,
Charette défendit sa glorieuse bannière,
Et ne voulut sortir de ses vastes marais,
Qu'après avoir dicté le traité de Jaunais.

A l'époque lugubre où le fer et les flammes
Chassaient de leur pays, enfants, vieillards et femmes,
Un bataillon de Bleus campait dans les Bois-Gâts,
Qui témoignent encor de leurs affreux dégâts.
Dans les hameaux voisins, de fréquentes patrouilles
Promenaient la terreur, en opérant des fouilles.

L'une d'elles, un jour, frappe à coups de fusils
A la porte où dormaient la fermière et ses fils.
— Livre-nous ton mari, dit la horde farouche,
Et montre-nous où sont tes provisions de bouche.
—Mon homme a, depuis hier, quitté cette maison ;
Mais voici du pain noir, et de l'eau pour boisson ;
C'est tout ce qui me reste. — Allons donc, citoyenne,
Nous prends-tu pour des chiens, et crois-tu que l'on vienne
Dans ce pays maudit avec le seul espoir
D'y boire ton eau claire, et manger ton pain noir ?
Nous voulons du pain blanc et du vin qui pétille,
Ou, sinon, nous allons t'enlever ta famille.
A ces mots, deux soldats, d'ivresse chancelants,
S'avancent vers le lit où braillaient les enfants.
Soudain, elle s'élance au berceau de sa fille,
Court au lit de ses fils, saisit une faucille,
Et, de son fier regard bravant ces scélérats :
« Non, non, vous n'êtes pas, dit-elle, des soldats,
« Mais de vils assassins au cœur lâche et cynique
« Qui souillez le drapeau de votre république !
« Nos maris vous font peur ; et, comme des pourceaux
« Vous fuyez devant eux ; mais devant des berceaux
« Que protègent en vain les larmes d'une mère,
« Des tigres vous avez l'audace sanguinaire.
« Ah ! de pareils forfaits sont bien dignes de vous,
« Monstres ! mais puisse, un jour, le céleste courroux
« Vous punir dans vos fils de votre ignominie,
« Et les marquer au front du sceau de l'infamie ! »
A ces mots, on la voit qui chancelle, pâlit,
Et glisse évanouie au pied du chaste lit.
Elle allait expier sa maternelle audace,
Quand soudain son mari fend la foule, et se place
Entre elle et le soldat qui tient le fer levé.
Sa lèvre est frémissante, et son front relevé
Domine ces soldats attérés de surprise.
« Arrière assassins ! horde à l'enfer promise !
« Hors d'ici, s'écrie-t-il, voici le sauf conduit
« Du chef qui vous commande, et qui de près me suit. »
Il donne, en même temps, l'ordre écrit à la troupe.
Tandis que loin du lit, en cercle elle se groupe
Autour du seul soldat qui sache l'alphabet,
Il rappelle sa femme à la vie, et la met

A l'abri des regards de cette soldatesque
Qui s'éloigne en faisant une mine grotesque.

Laissons l'humble ménage, à son calme rendu,
Louer Dieu d'un secours si loin d'être attendu ;
Et suivons notre Muse au fond de la vallée
Où le Lay coule en paix sous la voûte étoilée.
Dans un étroit repli de l'immense forêt
Qui couvre le pays, est un champs de genet
Où vingt hommes, armés de vieux fusils de chasse,
Attendent que la nuit au jour cède la place.
En cet endroit le Lay gagne dans sa largeur
Ce que son lit fécond perd de sa profondeur ;
Et d'une rive à l'autre offre un aisé passage
Au chevreuil que poursuit une meute sauvage.
Il est rare, en effet, que la bête aux abois,
De la meute, à ce gué, ne dépiste les voix.
Or, ce jour-là, le chef des redoutables bandes
Qui des vastes Bois-Gâts incendiaient les landes,
Voulant se procurer un plaisir de Seigneur,
Depuis l'aube, chassait le cerf avec ardeur.
Cherrari qui connaît ce projet de la veille
En prévient ses amis que, la nuit, il éveille,
Et court incontinent avec eux s'embusquer
Aux lieux où, selon lui, le cerf doit débusquer.
« Compagnons, leur dit-il, une fois tous ensemble,
« Je dois vous expliquer le but qui nous rassemble.
« Vous savez nos malheurs, nos champs foulés aux pieds,
« Nos bestiaux ravis, nos toits incendiés,
« Nos temples qu'on profane, et nos défunts sans prêtres
« Nuitamment enterrés aux pieds moussus des hêtres,
« Les os de nos aïeux arrachés des tombeaux,
« Le poison corrompant la source des ruisseaux,
« Nos enfants qu'on égorge, et des soldats infâmes
« Outrageant, sous nos yeux, la vertu de nos femmes ;
« Nous enfin, chaque jour, harcelés et proscrits,
« Aux hôtes des forêts disputant leurs abris ;
« Voilà, depuis quatre ans, ce qu'une aveugle rage
« A déversé d'horreurs sur ce pauvre bocage !
« Que n'avons-nous pas fait pour éviter ces maux?
« Transformant tous ses fils en autant de héros,

« La Vendée a livré cent combats , vingt batailles ,
« Et de fortes cités renversé les murailles.
« Hélas ! ses ennemis , sans cesse renaissants,
« Ont, vous savez, rendu ces efforts impuissants,
« Et des bords de la Manche aux rives de la Loire,
« Ses ossements semés raconteront sa gloire.
« Il ne faut plus songer à lutter désormais,
« Puisque nos ennemis sont plus forts que jamais.
« Nous n'avons qu'un espoir, c'est de rendre moins dure
« La somme des malheurs que le pays endure.
« Pour cela j'ai compté sur la ruse, et voici
« Le projet pour lequel nous nous trouvons ici.
« Les officiers du camp et leur chef à leur tête,
« Depuis le point du jour , sont en chasse , et la bête
« Va, je n'en doute pas, les conduire en ces lieux ,
« Et nous donner moyen de nous emparer d'eux.
« Alors , nous traiterons. On dit leur chef austère ,
« Il gardera sa foi , s'il la donne ; et j'espère
« Sinon de ce pays chasser nos oppresseurs,
« En adoucir du moins les trop grandes rigueurs. »
Il dit, et sur le sol appliquant son oreille,
Il écoute bruir la forêt qui s'éveille.
C'est l'heure où les oiseaux commencent leurs concerts ;
Le soleil, sur son char, va monter dans les airs ;
Un vent frais et léger fait frissonner les branches ,
Et trembler la rosée à l'œil des pervenches ;
Le lièvre et le lapin , ces maraudeurs de nuit,
Rentrent furtifs sous bois ; au ciel monte et s'enfuit
En flocons cotonneux , une blanche buée
Qui sur le premier Lay forme un Lay de fumée.
Tout-à-coup Cherrari tressaille au son du cor
Qu'à peine l'on saisit, tant il est loin encor.
Mais bientôt on entend ses vibrantes fanfares
S'approcher , s'éloigner et devenir plus rares,
Se rapprocher encore en excitant les chiens
Dont on entend déjà les aboiements lointains,
Et par différents airs , indiquer à la chasse
Les sentiers détournés par où la bête passe.
Les chasseurs de leurs chiens suivent tous les détours,
Traversent les fourrés, gagnent les carrefours ;
Et, selon leur méprise, ou leur intelligence,
Se trouvent dispersés dans la forêt immense.

Cependant le limier, vieux chien que Cherrari,
Dans le chenil du maître, a bien longtemps nourri,
Suit de près le dix-cors dont le poil fauve fume ;
Ses flancs sont déchirés ; ses yeux ardents ; l'écume
Découle de sa bouche hâletante, et parfois,
Il s'arrête tout court pour donner de la voix.
La meute, à cet appel, s'élance sur la piste,
Mais un nouveau crochet du vieux cerf la dépiste.
On dirait que pour lui cette chasse est un jeu.
Cependant ses détours le rapprochent un peu
Du gué que Cherrari surveille avec sa troupe.
Briffault, c'est le limier, touche presque à sa croupe ;
Il va l'atteindre ; alors, le cerf qui jusque-là
S'est ménagé, s'élance, et, d'un bond, le voilà
Qui distance les chiens épuisés de leur course.
Comme sur le cristal d'une tranquille source
Passe, sans la troubler, l'ombre du martinet,
De même ce royal hôte de la forêt,
Sans laisser de ses pieds la plus légère trace,
Glisse sur le gazon, court, vole, fend l'espace,
Débouche au bord du gué, s'en éloigne un moment,
Regarde, écoute, hésite, et puis, prenant du champ,
Il s'élance, et franchit en deux bonds la rivière,
Sa superbe ramure inclinée en arrière.
Il était temps : les chiens appuyés d'un piqueur,
De la voix et du geste excitant leur ardeur,
Descendent le coteau plus prompts qu'un vent d'orage,
Flairent et lapent l'eau, se mettent à la nage,
Et dans les bois voisins disparaissent bientôt.
Les chasseurs, à leur suite, arrivent aussitôt ;
Mais avant qu'ils aient pu même se reconnaître,
Cherrari fond sur eux, les cerne et s'en rend maître.
Lâches ! que voulez-vous ? dit leur chef furieux.
« La paix, dit Cherrari. J'en atteste les cieux !
« Pour vivre désormais en bonne intelligence,
« Nous ne vous demandons qu'un peu plus de clémence.
« Respectez de nos champs les pénibles travaux,
« Et ce qui reste encor de nos nombreux troupeaux ;
« A nos toits délabrés ne mettez plus les flammes ;
« Epargnez nos enfants ; n'insultez plus nos femmes ;
« Laissez dans leurs tombeaux en paix dormir nos morts,
« Et nous vous promettons d'oublier tous vos torts.

« Vous aurez une part du produit de nos terres ;
« Et les ennemis d'hier demain vivront en frères. »

C'était au lendemain de ce neuf thermidor
Qui mit fin au malheur que nous pleurons encor ;
Le froid Maximilien, ce pourvoyeur cynique
Des échafauds dressés par notre république,
Venait, trop tard hélas ! d'être, à son tour, poussé
Sous le couteau sanglant par le meurtre émoussé ;
La Fance qu'opprimait ce monstre à face humaine,
Enraya la Terreur, et secoua sa chaîne ;
Un air moins vicié par l'âcre odeur du sang,
Arrivait, en Vendée, au commandant Lestang.
Depuis qu'il occupait ce pays de misère,
Il appréciait mieux le noble caractère
Des braves paysans qu'il avait combattus,
Regrettant que les siens n'eussent pas leurs vertus.
Aussi ne fut-il point étonné du langage
Que Cherrari lui tint ; et, changeant de visage :
« J'accepte ce traité, dit-il, avec douceur,
« Parce qu'il répond trop aux désirs de mon cœur.
« Vivons donc en amis ! voici ma signature ;
« Mets la tienne à côté ; sur l'honneur, je te jure
« D'en faire respecter la lettre ; et désormais,
« Plus de Bleus, ni Chouans ! nous serons tous Français ! »
Il dit, et, traversant à son tour la rivière,
Il va bientôt du cerf sonner l'heure dernière ;
Tandis que Cherrari, rayonnant de bonheur,
Rapporte à sa maison l'écrit libérateur.

INGRATITUDE.

Huit ans plus tard, alors que la magique épée
Du jeune Bonaparte écrivait l'épopée
Qui commence à Toulon et finit au rocher
Où son sombre captive attire le nocher,
Deux grands garçons jouaient dans la cour de la ferme,
Avec leur jeune sœur ; mai touchait à son terme ;
Un beau soleil couchant lançait ses flèches d'or
Dans la cîme des bois où gazouillaient encor
Les oiseaux surveillant leurs naissantes couvées
Que berçaient, dans leurs nids, de tièdes bouffées ;

Cherrari, sur le seuil de son humble maison,
A sa femme montrait la riche fenaison
Que juin promettait d'empiler dans ses granges,
Et disait en riant : bons foins ! bonnes vendanges !
Quand tout-à-coup parut, au bout de leur verger,
Un vieillard revêtu des haillons de berger.
Avant de soulever la rustique barrière,
Il regarde inquiet, en avant, en arrière,
Comme un homme peu sûr de la route qu'il suit.
Il semble interroger un souvenir qui fuit.
Il se hasarde enfin ; le voici dans l'allée.
Par son large chapeau sa figure voilée
Ne laisse apercevoir que le bas du menton.
Il marche lentement à l'aide d'un bâton,
En traînant des sabots tout couverts de poussière,
Comme un pauvre qui vient vous faire une prière.
Les enfants, à sa vue, ont suspendu leurs jeux,
Et semblent du regard se consulter entr'eux.
Phanor, vieux chien de garde, en même temps s'élance
Et fond, en aboyant, sur le vieillard qui pense
Qu'il pourra l'éloigner, rien qu'en le menaçant;
Mais loin de l'écarter, son bâton impuissant
Va lui rendre fatal le chien qui le harcèle,
Quand Cherrari, d'un geste, auprès de lui l'appelle.
« Merci ! dit le vieillard, en traînant sur les mots,
« Sans vous, ce vaillant chien m'aurait mis en lambeaux. »
Puis, saluant un peu la fermière, il ajoute :
« Je viens de parcourir une bien longue route,
« Et me sens épuisé de fatigue et de faim;
« Pourrez-vous m'abriter, et me donner du pain ?
« Entrez mon bon vieillard; lui répond la fermière,
« Ma maison fut toujours au pauvre hospitalière;
« Et, bien que nous n'ayons point de plats superflus,
« Béni soit qui m'envoie un convive de plus !
« Voici notre souper ; mettez-vous à la table.
« Nos deux fils, cette nuit, coucheront à l'étable,
« Et seront trop heureux de vous céder leur lit,
« Si, lorsque vous aurez satisfait l'appétit,
« Vous voulez leur conter une histoire. A votre âge,
« On doit en savoir long, surtout quand on voyage. »
— Ce sont là vos enfants ? Dieu les garde toujours ?
Des maux qui de ma vie ont troublé d'heureux cours !

— Ainsi, vous n'avez pas toujours vécu d'aumône ?
— J'étais riche autrefois ; que Dieu me le pardonne !
« De nombreux serviteurs remplissaient ma maison ;
« Mes regards embrassaient à peine l'horizon
« De mes prés, de mes bois et des superbes plaines
« Qui composaient jadis mes immeubles domaines ;
« A peine si mes fils, en chassant tout un jour,
« Pouvaient, sur leurs coursiers, en tracer le contour ;
« Mais Dieu, sur mon pays déchaînant sa colère
« Brisa tout ce bonheur d'un coup de son tonnerre ;
« Dispersa ma famille en un lointain exil,
« Et ne me laissa plus que le choix du péril.
« Pour mon Dieu, pour mon Roi, durant ces jours d'alarmes,
« A côté de mes fils, j'ai blanchi sous les armes.
« Mais que pouvait hélas ! l'effort de quelques preux
« Contre des ennemis mille fois plus nombreux ?
« Pouvions-nous oublier d'ailleurs que nos défaites
« A la France assuraient d'immortelles conquêtes ?
« Ah ! j'en conviens ici, nos cœurs toujours français,
« Voyaient avec orgueil les éclatants succès
« De ces jeunes soldats dont la mort héroïque
« Palliait les forfaits de votre république.
« Réduits à nous cacher, de hameaux en hameaux,
« Partout nous retrouvions ses glorieux drapeaux ;
« Et nos femmes, jadis au luxe accoutumées,
« De porte en porte allaient, par la faim consumées,
« Echanger des leçons pour un morceau de pain
« Que dévoraient leurs fils suspendus à leur sein.
« Dieu prit enfin pitié d'une telle infortune :
« Bonaparte parut ; et, grâce à sa fortune,
« La France, délivrée à jamais des tyrans,
« Dans son sein mutilé rappela ses enfants.
« Hélas ! mieux eut valu sur la terre étrangère,
« Que la mort terminât ma trop longue misère ;
« Puisqu'ici des français ont acheté mon bien,
« Et qu'à mes fils chéris il ne reste plus rien ! »
Cherrari sent son âme à ce récit émue,
Et, cachant d'une main le trouble de sa vue :
« Bon vieillard, lui dit-il, pourquoi ce désespoir ?
« L'orage du matin se dissipe le soir.
« Qui sait si Dieu n'a pas, dans sa haute sagesse,
« Résolu de bénir votre longue vieillesse ?

« Vous n'êtes point le seul que son bras irrité
« Ait des biens paternels ainsi déshérité.
« A de pareils malheurs a succombé mon maître,
« Que ne peut-il hélas ! comme vous , m'apparaître !
« J'ai, pour les lui garder, acheté tous ses biens,
« Mais j'ai peur de mourir, avant que l'un des siens
« Ne sache qu'au milieu de la forte tempête
« Qui vous a tout ravi, j'ai souvent mis ma tête
« A deux doigts de sa perte, afin de les sauver.
« Si le ciel cependant allait nous l'envoyer !
« Mais non, depuis longtemps, de mauvaises nouvelles
« Circulent au pays sur les pertes cruelles
« Qu'aurait faites mon maître, avant que le trépas
« Ne l'enlevât lui-même aux malheurs d'ici-bas.
« Comme vous il était de la royale armée ;
« Et peut-être aurez-vous connu la renommée
« Du baron d'Eudivielle? » A ces mots, le vieillard
Jette rapidement sa coiffure à l'écart,
Se redresse, et, montrant ses yeux noyés de larmes,
« D'Eudivielle est vivant ! s'écrie-t-il, plus d'alarmes !
« Regarde, Cherrari ; ne me remets-tu pas ?
« Laisse-moi noble cœur, te presser dans mes bras ! »
Oui, je vous reconnais, oui, vous êtes mon maître,
Je le sens au bonheur qui remplit tout mon être,
Répondait Cherrari , tandis que ses enfants
Entouraient le baron de leurs bras innocents ;
Et que sa femme, avec des pleurs dans son sourire,
Essayait de parler, et ne pouvait rien dire.
« Mais pourquoi ces haillons? ô mon maître, pourquoi
« Avoir ainsi douté de ma femme et de moi ?
— « Pardonne, vieil ami, pardonne ma prudence !
« De ta femme et de toi j'ignorais l'existence ;
« Sous ce toit je croyais trouver des acquéreurs,
« Et non le plus loyal de tous mes serviteurs ;
« Et tu sais quel accueil ont fait à nos misères
« Ceux qu'une inique loi rend maîtres de nos terres ?
« Ah ! si j'avais prévu que mon heureux destin
« M'avait gardé l'appui de ta fidèle main ,
« Sois sûr que ce n'est pas sous ces pauvres guenilles ,
« Mais avec mes deux fils, et ma femme et mes filles ,
« Que je me confierais à l'hospitalité
« D'un cœur dont je saurai payer la probité. »

Après avoir ainsi rétabli dans leurs terres
Ses maîtres revenus des rives étrangères,
Cherrari redevint leur humble serviteur,
Et mourut jeune encor, confiant le bonheur
De ses jeunes enfants à la reconnaissance
De ceux qui lui devaient leur ancienne opulence.
Sa femme le suivit de près au champ des morts ;
Car de si longs malheurs avaient usé leurs corps,
Bien longtemps avant l'âge où l'on meurt d'ordinaire.
Leurs deux fils, en sortant du triste cimetière,
Trouvèrent au logis un fermier étranger,
Et s'en furent au loin travailler pour manger.
Lorsque leur jeune sœur, lasse de sa tutelle,
Vint réclamer sa dote au baron d'Eudivielle,
Ce vieillard, si paterne aux jours de ses malheurs,
Oubliant qu'il devait tout à ses serviteurs,
Lui donna mille écus le jour du mariage,
Et prétendit ne pas lui devoir d'avantage !

De ces trois orphelins pas un seul ne survit.
Depuis longtemps déjà l'herbe des champs grandit
Avec la douce mauve et le lierre fidèle
Sur la tombe où l'on mit leur dépouille mortelle.
L'aîné des trois mourut alors que les canons
A la France annonçaient la chute des Bourbons.
Entre les échafauds et l'exil de leur race,
Ses jours ont fui plus prompts qu'un rève qui s'efface.
Mais la belle action. — Ce précieux joyau, —
Qu'avait mis Cherrari dans son humble berceau,
A ses fils a passé, comme un noble héritage
Qui ne craint point du temps l'irréparable outrage.

Nantes. — Mars 1863.

CHARRIER,

Capitaine au 76ᵉ de ligne.

Mézières. — Typographie F. Devin, rue du Château.

www.ingramcontent.com/pod-product-compliance
Lightning Source LLC
LaVergne TN
LVHW010239030726
842520LV00007B/2642